韓語單字
語源學習法

韓籍傑出教師

郭修蓉 곽수용◎ 著

晨星出版

作者序

　　每個人增進詞彙量的方法皆不相同，除了前一本書《圖解韓語基本2000字》所使用的「圖片記憶法」，透過「語源記憶法」提升詞彙能力也是一種有效的學習方法。尤其對中級學習者來說，比起初階的圖片記憶法，或許更適合語源記憶法，因為只要在自己已知的單字基礎上，添加不同的字頭、字尾，就能衍生出不同意義的詞彙，背單字時會更有組織、有條理，學習起來也更為事半功倍。

　　本書內容不僅包含了韓語字源（例如：「고-」源於漢字「高」），同時也包含了字頭與字尾內含的意義及典故，並且舉例列出衍生的單字，讓學習者能夠理解詞彙的基本概念，或者更上一層樓學習自由構詞的方法。知道字詞的來源，就不必死背單字，而是能在第一時間推測其意思，詞彙量自然也會隨著顯著提升。

　　希望這本書的出版，能夠幫助韓語學習者更有系統、有效率地擴增詞彙量，同時透過實用例句、補充筆記和作者親錄的雲端音檔，全方位提升韓語能力。

郭修蓉　곽수용

目次

第1章「人事物」相關語源

身體部位

人的特質

第 2 章 「狀態」相關語源

第 **1** 章

「人事物」
相關語源

낯 固有語

　　「낯」這一單字是從15世紀的文獻裡開始出現，15世紀的 ᄂᆞᆾ 到了18世紀，第一音節的母音「·」變化為「ㅏ」後，就成了現在的「낯」。

　　1.指臉、面
　　2.面子。

낯간지럽다 形 ▶ 낯 + 간지럽다 癢

nat-gan-ji-reop-da

▲ 字面上的意思為「臉面癢」，就是指肉麻、感到害羞。

例 **낯간지러운 말을 자주 하네요.**

nat-gan-ji-reo-un ma-reul ja-ju ha-ne-yo

你很常說肉麻的話耶！

補充筆記

「낯뜨겁다」（「낯+뜨겁다（燙）」），所謂「面孔燙」是因為做了羞愧的行為感到丟臉、不好意思。例如情侶在公共場所做出親密的動作、某人做出不道德的行為，都會是令人「낯뜨겁다」的行為。

如果非要在這份愛上加上一個期限，我希望是……一萬年

낯설다 形 ▶ 낯 + 설다 不熟悉

nat-seol-da

▲ 所謂的面孔不熟悉，就是指「陌生」。

例 낯선 곳에서 길을 잃었다. 　在陌生的地方迷路了。
nat-seon go-se-seo gi-reul i-reot-da

補充筆記

「낯익다」(「낯+익다（熟）」)就是字面上的「面熟」的意思，對象不限於人，也可以是物品。需要注意的是「낯익다」正確的發音為[난닉따]。

낯가리다 動 ▶ 낯 + 가리다 挑選、分辨

nat-ga-ri-da

▲ 「가리다」是挑選、遮掩的意思，所謂的「挑面孔」指的是「怕生」。

例 낯가려서 내성적이라는 말을 많이 듣는다.
nat-ga-ryeo-seo nae-seong-jeo-gi-ra-neun ma-reul ma-ni deun-neun-da
因為我怕生，常常被別人說個性很內向。

낯 (이) 두껍다 形 ▶ 낯 + 두껍다 厚

nat(i) du-kkeop-da

▲ 是韓國的慣用語，意指臉皮厚、不要臉。

例 그런 말을 하다니 정말 낯이 두껍구나.
geu-reon ma-reul ha-da-ni jeong-mal na-chi du-kkeop-gu-na
居然講出這種話，臉皮還真厚呢！

소리 _{固有語}

「**소리**」指聲音。

잔소리 _名 ▶ 잔 ＋ 소리
jan-so-ri 細小的

▲ 「**잔**」為「**잘다**」的活用形，表示細小的。這裡所謂「細小的聲音」指沒必要的話、嘮叨、廢話。

例 **두말하면 잔소리지.**
du-mal-ha-myeon jan-so-ri-ji

不必多言了。

補充筆記

此句是慣用語，字面上的意思為「說二話就是廢話」；表示剛剛說的話無誤，不必再多說。

쓴소리 名 ▶ 쓴 + 소리
sseun-so-ri
苦的

▲ 指忠言逆耳。

例 가끔은 쓴소리도 필요하다.
ga-kkeu-meun sseun-so-ri-do pi-ryo-ha-da
偶爾也需要忠言逆耳。

목소리 名 ▶ 목 + 소리
mok-so-ri
喉嚨

▲ 指嗓音、聲音。「소리」這單字可以指世上所有聲音,不限定於嗓音,但是「목소리」只能指嗓音。

例 목소리 좀 낮추세요.
mok-so-ri jom nat-chu-se-yo
請降低音量。

큰소리 名 ▶ 큰 + 소리
keun-so-ri
大的

▲ 「큰소리」除了字面上的「大聲」,還可以指大聲痛罵、說大話。

例 능력도 없으면서 큰소리 친다.
neung-nyeok-do eop-sseu-myeon-seo keun-so-ri chin-da
明明沒本事,還說大話。

人的特質

- 이 _{固有語}

1. 接於動詞或形容詞後，表示做該動作或具有該性質的人。
2. 接於部分名詞、語根、擬聲語或擬態語後，更為強調其意，且讓該單字變為名詞化。

어린이 _名 ▶ 어린 + 이

eo-ri-ni

年幼的

▲ 「**어린**」為形容詞，是「**어리다**(年幼)」的活用形(冠形詞)，「**어린이**」意指小孩、孩童。

例 **나는 똑똑하고 귀여운 어린이였다.**

na-neun ttok-tto-ka-go gwi-yeo-un eo-ri-ni-yeot-da

我曾是又聰慧又可愛的小孩。

補充筆記

1. 「젊은이」(「젊은 (年輕的) +이」)指年輕人，「젊은」為「젊다」的活用形。
2. 「늙은이」(「늙은 (老的) +이」)指老人，「늙은」為「늙다」的活用形。

- 쟁이 固有語

1.用於名詞後,表示此人具有該名詞顯現出來的性質。
2.從事與該名詞相關事情為職業的人。

수다쟁이 名 ▶ 수다 + 쟁이

su-da-jaeng-i

嘮叨、囉嗦

▲ 指話很多的人,長舌婦。

例 **수다쟁이 이웃이 동네방네 소문내고 다녔다.**
su-da-jaeng-i i-u-si dong-ne-bang-ne so-mun-nae-go da-nyeot-da

長舌婦鄰居到處散播謠言。

겁쟁이 名 ▶ 겁 + 쟁이
geop-jaeng-i

恐懼

▲ 膽小鬼。

例 나는 겁쟁이라서 혼자 공포 영화를 못 본다.
na-neun geop-jaeng-i-ra-seo hon-ja gong-po yeong-hwa-reul mot bon-da
因為我是膽小鬼，沒辦法獨自看恐怖電影。

거짓말쟁이 名 ▶ 거짓말 + 쟁이
geo-jin-mal-jaeng-i

說謊、謊話

▲ 騙子。

例 거짓말쟁이의 말은 믿으면 안 된다.
geo-jin-mal-jaeng-i-ui ma-reun mi-deu-myeon an doen-da
不能相信騙子所說的話。

점쟁이 名 ▶ 점 + 쟁이
jeom-jaeng-i

占卜

▲ 從事與占卜相關事情的人，就是指算命師。

例 미래에 대해 점쟁이에게 물어봤다.
mi-rae-e dae-hae jeom-jaeng-i-e-ge mu-reo-bwat-da
問過算命師關於我的未來。

補充筆記

1. 멋쟁이(「멋（風度）+쟁이」)指帥氣、時尚的人。
2. 신경질쟁이(「신경질（神經質）+쟁이」)指愛發脾氣的人。
3. 고집쟁이(「고집（固執）+쟁이」)指非常固執的人、牛脾氣。

- 둥이 _{固有語}

在語源上「-둥이」源自於「-동（童）이」，但是到了現代，「-동（童）이」演變成「-둥이」。「-둥이」為標準語，而且不再是漢字語了。

1. 可接於名詞或語根後，表示具有該特性、有密切關係的人或動物。
2. 對人或動物的愛稱。

바람둥이 _名 ▶ 바람 + 둥이 _{出軌}
ba-ram-dung-i

▲ 花花公子、花心的人。

例 그는 소문난 바람둥이다.
geu-neun so-mun-nan ba-ram-dung-i-da
他是出了名的花花公子。

늦둥이 名 ▶ 늦 + 둥이
neut-dung-i　　　　晚的

▲ 「**늦둥이**」的「**늦**」指「**늦은**（晚的／形容詞）」、「**늦게**（晚地／副詞）」之意，所謂的「**늦둥이**」為「晚生的孩子」。

例 **늦둥이라 부모님과의 나이 차이가 많이 난다.**
neut-dung-i-ra bu-mo-nim-gwa-ui na-i cha-i-ga ma-ni nan-da

因為是晚生的孩子，和父母親的年齡差距很大。

막둥이 名 ▶ 막 + 둥이
mak-dung-i　　　　最後

▲ 「**막둥이**」的「**막**」為「**마지막**（最後）」的詞頭。「**막둥이**」指老么，是可愛的稱呼法。

例 **나는 애교가 많은 막둥이다.**
na-neun ae-gyo-ga ma-neun mak-dung-i-da

我是愛撒嬌的老么。

귀염둥이 名 ▶ 귀염 + 둥이
gwi-yeom-dung-i　　　　可愛

▲ 「**귀염둥이**」的「**귀염**」為「**귀엽다**（可愛）」的名詞。「**귀염둥이**」指可愛的人，中文會翻成「小寶貝」。

例 **우리 집 귀염둥이가 초등학교를 졸업했다.**
u-ri-jip gwi-yeom-dung-i-ga cho-deung-hak-gyo-reul jo-reo-paet-da

我們家小寶貝從小學畢業了。

사기꾼 名 ▶ 사기 + 꾼

sa-gi-kkun

詐騙、欺騙

▲ 「**사기**」為漢字語「詐欺」；「**-꾼**」是指稱習慣性的做某件事情的人。「**사기꾼**」為習慣性地騙別人，且從中獲得利益的「騙子」。

例 **자신을 의사라고 속이는 사기꾼이었다.**

ja-si-neul ui-sa-ra-go so-gi-neun sa-gi-kku-ni-eot-da

原來他是假冒醫生的騙子。

술꾼 名 ▶ 술 + 꾼

sul-kkun

酒

▲ 這裡的「**-꾼**」套用第一個解釋「愛做某件事情的人」，那麼「**술꾼**」指愛喝酒的人、酒鬼。

例 **한국사람들은 술꾼이라는 소문이 있던데요.**

han-guk-sa-ram-deu-reun sul-kku-ni-ra-neun so-mu-ni it-deon-de-yo

聽說韓國人是酒鬼。

장사꾼 名 ▶ 장사 + 꾼
jang-sa-kkun   生意

▲ 這裡的「-꾼」為做某件事情的「專業人士」，「**장사꾼**」指生
意人、商人。但是「-꾼」這一詞尾，有時候會帶有貶低的意思
在，所以「**장사꾼**」其實是負面的單字，通常是指稱黑心、沒
商業道德、只愛錢的商人。

例 **장사꾼이라 말주변도 좋고 계산도 빠르다.**
jang-sa-kku-ni-ra mal-ju-byeon-do jo-ko gye-san-do ppa-reu-da

因為是商人，不僅能言善辯，也很會計算。

補充筆記：指稱專業人士、職業的單字

1. 사냥꾼(「사냥（打獵）+꾼」)指獵人。
2. 심부름꾼(「심부름（跑腿）+꾼」)指跑腿的人、當差的人。
3. 일꾼(「일（工作）+꾼」)指工人。
4. 나무꾼(「나무（樹木）+꾼」)指砍柴的樵夫。有個韓國傳統民間
故事為《仙女和樵夫》(선녀와 나무꾼)。

낚시꾼 名 ▶ 낚시 + 꾼
nak-ssi-kkun   釣魚

▲ 這裡的「-꾼」是指稱「愛做某件事情的人」，「**낚시꾼**」指的
是喜歡釣魚、把釣魚當興趣的人。

例 **주말이면 낚시꾼들로 북적인다.**
ju-ma-ri-myeon nak-ssi-kkun-deul-lo buk-jeo-gin-da

每當週末，因為釣魚的人潮而變得熱鬧。

- 뱅이 固有語

　　接於代表「不好的行為、性質」單字後的詞尾，是指稱「具有某一不良特點的人」，帶有貶低的意思在。

게으름뱅이 名 ▶ 게으름 + 뱅이
ge-eu-reum-baeng-i　　　　　　　　　　懶惰

▲ 「게으름」是「게으르다（懶惰）」的名詞。「게으름뱅이」指懶惰蟲，後面的詞尾不一定加「-뱅이」，也可改為「-쟁이」（用於具有該名詞顯現出來的性質，請參考32頁說明）。

例 소문난 게으름뱅이라 일을 시켜도 안 한다.
so-mun-nan ge-eu-reum-baeng-i-ra i-reul si-kyeo-do an-han-da

他是出了名的懶惰蟲，就算叫他去做事也不會去做。

補充筆記：「게으름뱅이」和「게으름쟁이」的比較

因「-뱅이」這一詞尾貶低的意味較強，在字典裡會把「게으름뱅이」解釋成「貶低『게으름쟁이』的說法」。有趣的是，「게으름뱅이」為樹懶的北韓話(樹懶的韓文則為「나무늘보」)。

주정뱅이 名 ▶ 주정 + 뱅이
ju-jeong-baeng-i
 酒瘋

▲ 「주정」是漢字語「酒酊」，「주정뱅이」指醉漢。詞尾可改為「-쟁이」(주정쟁이)，「주정뱅이」在字典裡解釋為「貶低『주정쟁이』的說法」，這與前一個單字的「게으름뱅이（懶惰蟲）」是一樣的道理。

例 **항상 술만 마시면 주정뱅이가 되네요.**
hang-sang sul-man ma-si-myeon ju-jeong-baeng-i-ga doe-ne-yo
只要一喝酒，就變成醉漢。

가난뱅이 名 ▶ 가난 + 뱅이
ga-nan-baeng-i
 貧窮

▲ 「가난」源於漢字「艱難」，是指貧窮；「가난뱅이」意指窮人、窮光蛋。

例 **사업의 실패로 가난뱅이가 되었다.**
sa-eo-be sil-pae-ro ga-nan-baeng-i-ga doe-eot-da
由於事業的失敗，變成窮光蛋了。

- 보 固有語

接於部分名詞或代表某種行為或動作之語幹後的詞尾，指具有某種特徵或某種行為特性的人。

먹보 名 ▶ 먹 + 보
meok-bo 　　　　　　吃

▲ 「먹보」的「먹」是動詞「먹다（吃）」的語幹，「먹보」指吃貨。

例 내가 많이 먹어서 모두 나를 먹보라고 부른다.

nae-ga ma-ni meo-geo-seo mo-du na-reul meok-bo-ra-go bu-reun-da

因為我吃太多，大家都叫我吃貨。

울보 _名 ▶ 울 + 보
ul-bo 哭

▲ 愛哭鬼。「울보」的「울」是動詞「울다（哭）」的語幹。

例 눈물이 많아서 울보라는 별명이 생겼다.
nun-mu-ri ma-na-seo ul-bo-ra-neun byeol-myeong-i saeng-gyeot-da
因為愛掉眼淚，有了愛哭鬼的綽號。

느림보 _名 ▶ 느림 + 보
neu-rim-bo 慢

▲ 「느림보」的「느림」是形容詞「느리다（慢）」的名詞。「느림보」指動作慢、慢吞吞的人。

例 급한 일은 느림보에게 맡기면 안 된다.
geu-pan i-reun neu-rim-bo-e-ge mat-gi-myeon an doen-da
不能把緊急的事情交給慢吞吞的人。

잠보 _名 ▶ 잠 + 보
jam-bo 睡覺、睡眠

▲ 指稱愛睡覺的人。

例 내 동료는 잠보라서 항상 지각한다.
nae dong-nyo-neun jam-bo-ra-seo hang-sang ji-ga-kan-da
我同事是貪睡的人，所以總是遲到。

補充筆記

和「잠보」相似的說法為「잠꾸러기」。漫畫《神奇寶貝》中的寶可夢卡比獸，因為很愛睡覺，韓文取名為「잠만보」，雖然是漫畫中的角色，但已成為現代韓國人指稱「貪睡的人」的暱稱。

감 [固有語]

1. 接於部分名詞後。表示值得或適合去做……、具有某一資格或條件的人，可以翻成「適合……的人」。
2. 表示道具、物品、材料或人的對象。
3. 注意，此時「감」的發音為 [깜]。

며느릿감 _名 ▶ 며느릿 + 감
myeo-neu-rit-gam

며느리 媳婦 + ㅅ

▲ 媳婦的韓文為「며느리」，但是後面多加「감」的時候，會產生前面單字需加「ㅅ」的音韻現象，這拼字法在韓國稱為「사이시옷」（翻譯為「中間ㅅ」）。「며느릿감」指兒媳人選、成為兒媳的對象。

例 **어머니가 며느릿감을 마음에 들어하신다.**
eo-meo-ni-ga myeo-neu-rit-ga-meul ma-eu-me deu-reo-ha-sin-da

媽媽很喜歡未來的兒媳。

補充筆記

「사윗감」（「사위（女婿）+ㅅ+감」)指女婿人選。
「신붓감」（「신부（源於漢字新婦，指新娘）+ㅅ+감」)指新娘人選。
「신랑감」（「신랑（新郎）+감」)指新郎人選。

장난감 _名 ▶ 장난 + 감

jang-nan-gam

玩耍

▲ 「**장난**」指玩耍，後面加了具有「表示……的對象」的名詞 「**감**」後，「**장난감**」變成玩耍的對象，也就是指玩具。

例 어린이들이 가장 좋아하는 선물은 장난감이다.

eo-ri-ni-deu-ri ga-jang jo-a-ha-neun seon-mu-reun jang-nan-ga-mi-da

小朋友最喜歡的禮物是玩具。

놀림감 _名 ▶ 놀림 + 감

nol-lim-gam

笑話、取笑

▲ 「**놀림감**」指笑話、笑柄或取笑的對象。

例 그의 언행은 남들의 놀림감이 되었다.

geu-ui eon-haeng-eun nam-deu-rui nol-lim-ga-mi doe-eot-da

他的言行成了其他人的笑柄。

먹잇감 _名 ▶ 먹잇 + 감

meo-git-gam

먹이 飼料+ㅅ

▲ 飼料的韓文「**먹이**」接「**감**」的時候，要套用「**사이시옷**」(中間ㅅ)的規則。「**먹잇감**」指禽獸的獵物、飼料。

例 호랑이가 먹잇감을 사냥했다.

ho-rang-i-ga meo-git-ga-meul sa-nyang-haet-da

老虎獵物了。

옷감 名 ▶ 옷 + 감
ot-gam   衣服

▲ 「옷」指衣服、服飾，「옷감」指製作衣服的材料，也就是布料。

例 요즘 이런 옷감이 유행이다.
yo-jeum i-reon ot-ga-mi yu-haeng-i-da
最近流行這種布料。

횟감 名 ▶ 횟 + 감
hoet-gam   회 生魚片+ㅅ

▲ 「회」指生魚片，源於漢字「膾」（切薄的肉）；「회」接「감」的時候，要套用「사이시옷」（中間ㅅ）的規則。所謂的「횟감」指的是做生魚片使用的魚。

例 연어는 횟감으로 인기가 좋다.
yeo-neo-neun hoet-ga-meu-ro in-gi-ga jo-ta
鮭魚作為生魚片很受歡迎。

- 가 _{漢字語}

　　源於漢字「家」。接於部分名詞後，表示專門做該事情的人、把該名詞當職業的人。

건축가 _名 ▶ 건축 + 가
geon-chuk-ga　　　　　　　　建築

▲ 建築師。

例 나의 꿈은 건축가가 되는 것이다.
na-ui kku-meun geon-chuk-ga-ga doe-neun geo-si-da
我的夢想是成為建築師。

음악가 名 ▶ 음악 + 가
eu-mak-ga   音樂

▲ 音樂家。

例 가장 위대한 음악가가 누구라고 생각하나요?
ga-jang wi-dae-han eu-mak-ga-ga nu-gu-ra-go saeng-ga-ka-na-yo

你認為最偉大的音樂家是誰?

정치가 名 ▶ 정치 + 가
jeong-chi-ga   政治

▲ 政治家。

例 나라 발전을 위해서는 정치가의 역할이 중요하다.
na-ra bal-jeo-neul wi-hae-seo-neun jeong-chi-ga-ui yeo-ka-ri jung-yo-
ha-da

為了國家的發展,政治家的角色很重要。

평론가 名 ▶ 평론 + 가
pyeong-non-ga   評論

▲ 評論家。

例 이번에 개봉한 영화는 평론가들의 호평을 받았다.
i-beo-ne gae-bong-han yeong-hwa-neun pyeong-non-ga-deu-rui ho-
pyeong-eul ba-dat-da

這次上映的電影得到了評論家的好評。

生活
· ·

시 -
漢字語

　　「시」源於漢字「媤」，近代國語（指17世紀～19世紀的韓文）之前的寫法為「싀」，但是在近代國語時期，經歷了母音「ㅢ」變為「ㅣ」的現象，故「싀」變為現在的「시」。

　　「시」接於表示親屬關係的部分名詞前，意指「老公的……」。

시집가다 名 ▶ 시 + 집 + 가다
si-jip-ga-da
　　　　　　　　　家　　　去

▲ 「시집（老公的家）」就是指「公婆家」。後面加了「가다（去）」後，意思會變成「出嫁」。

例 동생이 나보다 일찍 시집을 갔다.
dong-saeng-i na-bo-da il-jjik si-ji-beul gat-da

我妹妹比我早結婚了。

시댁 名 ▶ 시 + 댁

si-daek
家

▲ 「댁」為漢字語（源於漢字「宅」），是「집（家）」的敬語，指「老公的家」、「公婆家」。「시댁」與「시집」意思相同，但「시댁」兩個字並沒有「嫁人」的意思。

例 주말마다 시댁에 가서 밥을 먹는다.
ju-mal-ma-da si-dae-ge ga-seo ba-beul meong-neun-da
每週末去公婆家吃飯。

시부모 名 ▶ 시 + 부모

si-bu-mo
父母

▲ 指「公婆」。

例 그녀는 시부모와 사이가 좋다고 한다.
geu-nyeo-neun si-bu-mo-wa sa-i-ga jo-ta-go han-da
聽說她和公婆的關係良好。

補充筆記

1. 多加「님」(시부모님)為尊稱公婆的說法。「님」是接於表示職業或身分名詞後的詞尾，例如：「교수님（教授）」、「선생님（老師）」、「사장님（社長）」。
2. 「시아버지」（「시+아버지（父親）」）指公公。
3. 「시어머니」（「시+어머니（母親）」）指婆婆。
4. 「시누이」（「시+누이（姊姊或妹妹）」）指小姑子、大姑子。

事物

- 사 漢字語

源於漢字「事」。接於部分名詞後的詞尾，表示「……事（情）」。

관심사 名 ▶ 관심 + 사
gwan-sim-sa 興趣

▲ 「**관심**」是漢字語「關心」，指關心、興趣；可以把「**관심사**」理解為「關注的事情」。

例 **관심사가 뭐예요?**
gwan-sim-sa-ga mwo-ye-yo

你平常關注什麼事情？

- 개 _{固有語}

　　接於部分動詞語幹的詞尾。指做某一行為，或是具有某一用途的工具。

지우개 _名 ▶ 지우 + 개
ji-u-gae
　　　　　　지우다 擦

▲ 「**지우**」為「**지우다**」的語幹，指擦、抹、消除。所謂「擦的工具」是指橡皮擦。

例 이 지우개는 잘 지워진다.
i ji-u-gae-neun jal ji-wo-jin-da
這個橡皮擦很好擦。

뒤집개 名 ▶ 뒤집 + 개
dwi-jip-gae
뒤집다 翻

▲ 「뒤집」為「뒤집다」的語幹，指翻過來、顛倒。所謂「翻倒的工具」，就是指鍋鏟。

例 뒤집개가 있어야 부침개를 만들 수 있다.
dwi-jip-gae-ga i-sseo-ya bu-chim-gae-reul man-deul su it-da
要有鍋鏟才能做煎餅。

날개 名 ▶ 날 + 개
nal-gae
날다 飛

▲ 「날」為「날다」的語幹，指飛。所謂飛的工具「날개」，是指翅膀。

例 날개를 다쳐 날 수 없는 새를 봤다.
nal-gae-reul da-chyeo nal su eom-neun sae-reul bwat-da
我看到因為翅膀受傷而無法飛的鳥。

병따개 名 ▶ 병 + 따 + 개
byeong-tta-gae
瓶　　따다 開

▲ 「따다」為摘取、開的意思，「병(을) 따다」意指開瓶。「병따개」指的是開瓶器。

例 병따개가 없으면 열쇠를 사용하면 된다.
byeong-tta-gae-ga eop-sseu-myeon yeol-soe-reul sa-yong-ha-myeon doen-da
如果沒有開瓶器，可以使用鑰匙。

가리개 名 ▶ 가리 + 개
ga-ri-gae

가리다 遮住

▲ 「가리개」指稱任何可以遮掩的東西，例如屏風、罩子。

例 이 물건은 햇빛 가리개용이다.

i mul-geo-neun haet-bit ga-ri-gae-yong-i-da

這東西是遮陽光用的。

Note.

거리 固有語

接於名詞或冠形詞-(으)ㄹ後面的依存名詞。指材料、對象、東西。

볼거리 名 ▶ 보 + ㄹ + 거리
bol-geo-ri

보다 看

▲ 意指「值得、可以看的東西」。

例 **전통 시장에는 볼거리가 많다.**
jeon-tong si-jang-e-neun bol-geo-ri-ga man-ta

傳統市場有很多可以看的東西。

걱정거리 名 ▶ 걱정 + 거리

geok-jeong-geo-ri

擔心、煩惱

▲ 「煩惱的東西」就是指「煩惱」。

例 무슨 걱정거리라도 있어요?

mu-seun geok-jeong-geo-ri-ra-do i-sseo-yo

有什麼煩惱的事情嗎？

이야깃거리 名 ▶ 이야기 + 거리

i-ya-git-geo-ri

話、故事+ㅅ

▲ 「이야기」加「거리」的時候，必須要套用「사이시옷」（中間 ㅅ）的規則。「이야깃거리」指的就是話題。

例 그와 나는 이야깃거리가 많다.

geu-wa na-neun i-ya-git-geo-ri-ga man-ta

他與我有很多的話題。

반찬거리 名 ▶ 반찬 + 거리

ban-chan-geo-ri

小菜

▲ 「반찬」為漢字語「飯饌」，指小菜；「반찬거리（小菜的材料）」就是指「做小菜的食材」。

例 퇴근하는 길에 반찬거리를 좀 샀다.

toe-geun-ha-neun gi-re ban-chan-geo-ri-reul jom sat-da

下班的路上買了一些食材。

補充筆記

「국거리」（「국（湯）+거리」）指煮湯需要的食材，也就是「湯料」。

장 漢字語

源於漢字「欌」，指可以收納的家具、櫃子。

옷장 名 ▶ 옷 + 장
ot-jang　　　　　衣服

▲ 收納衣服的家具，就是指衣櫥。

例 옷장이 어지러워서 정리를 했다.
ot-jang-i eo-ji-reo-wo-seo jeong-ni-reul haet-da

因為衣櫥亂，所以動手整理了。

공짜 名 ▶ 공 + 짜

gong-jja

空

▲ 「**공짜**」指不需要花費任何力氣或錢，也能夠得到的東西，也就是「免費」的意思。

例 세상에는 공짜란 없다.

se-sang-e-neun gong-jja-ran eop-da

世上沒有白吃的午餐（直譯：世界上沒有免費這個東西）。

괴짜 名 ▶ 괴 + 짜

goe-jja

怪

▲ 「**괴짜**」意指怪人、怪物。

例 그는 괴짜라고 한다.

geu-neun goe-jja-ra-go han-da

聽說他是個怪人。

초짜 名 ▶ 초 + 짜

cho-jja

初

▲ 「**초짜**」指對某件事情不熟練的新手。

例 중요한 계약은 초짜에게 맡기지 마세요.

jung-yo-han gye-ya-geun cho-jja-e-ge mat-gi-ji ma-se-yo

請不要把重要的簽約交給新手處理。

가
固有語

「**가**」源於15世紀的「**ᄀᆞ**」這個字，在16世紀時下方的「**ㅿ**」消失，到了18世紀，原本中間的「**·**」演變成「**ㅏ**」，最後才變成現在的「**가**」。用來表示邊緣、邊。

창가 名 ▶ 창 + 가
chang-ga   窗

▲ 指窗戶邊。

例 **나는 창가 좌석을 좋아한다.**
na-neun chang-ga jwa-seo-geul jo-a-han-da
我喜歡坐窗戶邊的座位。

강가 名 ▶ 강 + 가
江

gang-ga

▲ 指河邊。

例 강가에서 물고기를 잡았다.
gang-ga-e-seo mul-go-gi-reul ja-bat-da

在河邊抓了魚。

길가 名 ▶ 길 + 가
路、街

gil-ga

▲ 指路邊、路的兩旁。

例 길가에서 택시를 잡고 있다.
gil-ga-e-seo taek-si-reul jap-go it-da

正在路邊攔計程車。

바닷가 名 ▶ 바닷 + 가
바다 海+ㅅ

ba-dat-ga

▲ 「바다」接「가」的時候,要套用「사이시옷」(中間ㅅ)的規則。「바닷가」意思是指「海邊」。

例 여름에는 항상 바닷가에 놀러 가곤 했다.
yeo-reu-me-neun hang-sang ba-dat-ga-e nol-leo ga-gon haet-da

以前在夏天總是去海邊玩。

판
固有語

依存名詞；指局面、場面。

난장판 _名 ▶ 난장 + 판
nan-jang-pan
亂七八糟

▲ 「**난장**」源於漢字「亂場」，表示亂七八糟；「**난장판**」指亂七八糟、一團糟。

例 집을 난장판으로 만들었다.
ji-beul nan-jang-pa-neu-ro man-deu-reot-da

把家裡弄得一團糟。

도박판 名 ▶ 도박 + 판

do-bak-pan

賭博

▲ 指賭局。

例 도박판에 빠져 큰돈을 잃었다.

do-bak-pa-ne ppa-jyeo keun-do-neul i-reot-da

迷上賭博，輸了大錢。

개판 名 ▶ 개 + 판

gae-pan

低劣的、沒用的

▲ 「개-」接於部分名詞前，指低劣的、不好的、沒用的；「개
판」意指沒秩序，一片混亂。

例 아이들 때문에 집이 개판이 되었다.

a-i-deul ttae-mu-ne ji-bi gae-pa-ni doe-eot-da

因為小孩們，家裡變得亂七八糟。

술판 名 ▶ 술 + 판

sul-pan

酒

▲ 指酒席。

例 밤늦게 술판을 벌여서 주민들이 신고했다.

bam-neut-ge sul-pa-neul beo-ryeo-seo ju-min-deu-ri sin-go-haet-da

由於在深夜大擺酒席，居民報警了。

일 固有語

指工作、事情。

일자리 名 ▶ 일 + 자리 位子
il-ja-ri

▲ 指工作、崗位。

例 일자리 구하는 게 점점 어려워지는 것 같다.
il-ja-ri gu-ha-neun ge jeom-jeom eo-ryeo-wo-ji-neun geot gat-da
找工作越來越難了。

일벌레 名 ▶ 일 + 벌레
蟲子

il-beol-le

▲ 指工作狂。

例 그는 주말에도 일만 하는 일벌레다.
geu-neun ju-ma-re-do il-man ha-neun il-beol-le-da

他是週末也會工作的工作狂。

일손 名 ▶ 일 + 손
手

il-son

▲ 指人手。

例 친구가 일손이 부족하다고 해서 도와주기로 했다.
chin-gu-ga il-so-ni bu-jo-ka-da-go hae-seo do-wa-ju-gi-ro haet-da

朋友說人手不足，所以說好過去幫他。

집안일 名 ▶ 집 + 안 + 일
家　　內

ji-ban-nil

▲ 指家事、家務。

例 밀린 집안일을 하느라 바쁜 하루를 보냈다.
mil-lin ji-ban-ni-reul ha-neu-ra ba-ppeun ha-ru-reul bo-naet-da

做堆積的家務，過了忙碌的一天。

第 **2** 章

「狀態」
相關語源

겉멋 名 ▶ 겉 + 멋
geon-meot

風采、姿態

▲ 「겉멋」意指「徒有其表」。

例 그는 겉멋만 든 사람이다.
geu-neun geon-meon-man deun sa-ra-mi-da
他是徒有其表的人。

겉옷 名 ▶ 겉 + 옷
geo-dot

衣服

▲ 指外套。

例 날씨가 쌀쌀하니까 겉옷을 입으세요.
nal-ssi-ga ssal-ssal-ha-ni-kka geo-do-seul i-beu-se-yo
因天氣冷颼颼，請穿上外套。

겉돌다 動 ▶ 겉 + 돌다
geot-dol-da

轉

▲ 所謂的「在外面轉」，是指不相容、不合群。

例 그는 반 친구들 사이에서 겉돈다.
geu-neun ban chin-gu-deul sa-i-e-seo geot-don-da
他和班上同學不合群。

- 새 _{固有語}

接於部分名詞或名詞活用形後的詞尾,表示「模樣」。

생김새 _名 ▶ 생김 + 새

saeng-gim-sae

생기다「長」的活用形

▲ 「**생김**」是「**생기다(長)**」的活用形,指「(外觀、外貌)長得⋯⋯」;所謂「**생김새(長得模樣)**」,指的就是「長相」。

例 **생김새는 무서워 보여도 마음이 따뜻한 사람이다.**

saeng-gim-sae-neun mu-seo-wo bo-yeo-do ma-eu-mi tta-tteu-tan sa-ra-mi-da

雖然長得很兇,但是個心地善良的人。

차림새 名 ▶ 차림 + 새
cha-rim-sae
차리다「打扮」的活用形

▲ 「**차림**」是「**차리다**（打扮）」的活用形，指「打扮」；所謂「**차림새**（打扮的模樣）」，指的就是「裝扮」。

例 차림새를 보니 패션에 관심이 많은 것 같다.
cha-rim-sae-reul bo-ni pae-syeo-ne gwan-si-mi ma-neun geot gat-da
看他的裝扮，似乎是對服裝很有興趣。

걸음새 名 ▶ 걸음 + 새
geo-reum-sae
走步

▲ 指走路的姿態。

例 신발 때문인지 걸음새가 이상하다.
sin-bal ttae-mu-nin-ji geo-reum-sae-ga i-sang-ha-da
不曉得是否因為鞋子的關係，走路的樣子很奇怪。

짜임새 名 ▶ 짜임 + 새
jja-im-sae
짜이다「被編織」的活用形

▲ 「**짜임**」為「**짜이다**（被編織）」的活用形，指被打造、被編織，是被動詞。所謂「**짜임새**（被編織的模樣）」，指的是結構、構造、架構。

例 짜임새가 완벽한 소설이다.
jja-im-sae-ga wan-byeo-kan so-seo-ri-da
是一部擁有完美架構的小說。

민 -
_{固有語}

　　「민」這一字源於「믠」，在古代使用的母音「ㅢ」，到了現代大多被同化為母音「ㅣ」。是接於部分名詞前的詞頭，表示沒有打扮或附加的東西。

민낯 _名 ▶ 민 + 낯
min-nat

_{臉、面孔}

▲ 指素顏。

例 **피부가 좋아서 민낯도 예쁘다.**
pi-bu-ga jo-a-seo min-nat-do ye-ppeu-da

因為皮膚好，所以素顏也很美。

민소매 ⓝ ▸ 민 + 소매
min-so-mae
袖子

▲ 指無袖的衣服。

⑩ 여름이라서 민소매를 입는 사람들이 많아졌다.
yeo-reu-mi-ra-seo min-so-mae-reul im-neun sa-ram-deu-ri ma-na-jyeot-da
因為是夏天,穿無袖的人變多了。

민물 ⓝ ▸ 민 + 물
min-mul
水

▲ 字面上的意思為「沒有附加的東西(鹽分)的水」,指的就是「淡水」。

⑩ 주말이면 민물낚시를 하러 가곤 한다.
ju-ma-ri-myeon min-mul-nak-si-reul ha-reo ga-gon han-da
週末經常去淡水釣魚。

민무늬 ⓝ ▸ 민 + 무늬
min-mu-nui
紋路

▲ 指「沒有紋路」。

⑩ 다음 모임에 민무늬 티셔츠를 입고 오라고 했다.
da-eum mo-i-me min-mu-nui ti-syeo-cheu-reul ip-go o-ra-go haet-da
聽說下次的聚會要穿沒有紋路的短袖。

윗 - 固有語

源於名詞「위(上面)」。「윗-」後面可接名詞,指「上面的」。

윗사람 名 ▶ 윗 + 사람
wit-sa-ram 　　　　　　　　　　　人

▲ 所謂「上面的人」,可以指年長者或上司。

例 **한국에서는 윗사람에게 높임말을 사용해야 한다.**
han-gu-ge-seo-neun wit-sa-ra-me-ge no-pim-ma-reul sa-yong-hae-ya han-da

在韓國,要對年長者使用敬語。

윗옷 名 ▶ 윗 + 옷

衣服

wi-dot

▲ 指上衣。

例 이번 여행에 윗옷을 많이 챙겼다.

i-beon yeo-haeng-e wi-do-seul ma-ni chaeng-gyeot-da

在這次的旅程中準備了很多上衣。

윗집 名 ▶ 윗 + 집

家

wit-jip

▲ 指住樓上的鄰居。

例 윗집이 시끄러워서 잠을 잘 수가 없다.

wit-ji-bi si-kkeu-reo-wo-seo ja-meul jal su-ga eop-da

樓上太吵，以至於無法入眠。

윗몸 名 ▶ 윗 + 몸

身體

win-mom

▲ 指上半身。

例 윗몸 일으키기가 복근 운동에 좋다고 한다.

win-mom i-reu-ki-gi-ga bok-geun un-dong-e jo-ta-go han-da

聽說仰臥起坐對鍛鍊腹肌有幫助。

뒷 - _{固有語}

源於名詞「뒤（後面）」。「뒷-」可接名詞，表示「後面的」。

뒷담화 _名 ▶ 뒷 + 담화 _{談話}
dwit-dam-hwa

▲ 所謂「後面的談話」，指的是在背後說壞話。

例 **뒷담화를 좋아하는 사람은 멀리 하는 게 좋다.**
dwit-dam-hwa-reul jo-a-ha-neun sa-ra-meun meol-li ha-neun ge jo-ta
我們應當遠離那些愛在背後說閒話的人。

뒷감당 名 ▶ 뒷 + 감당
dwit-gam-dang
擔得起

▲ 「감당」為漢字語「堪當」，指擔當得起；「뒷감당」則指「善後」。

例 뒷감당을 못 할 거라면 시작도 하지 마라.
dwit-gam-dang-eul mot hal geo-ra-myeon si-jak-do ha-ji ma-ra
如果擔當不起後果，乾脆別開始做。

뒷골목 名 ▶ 뒷 + 골목
dwit-gol-mok
巷子

▲ 「뒷골목」指小巷子，也可以用來比喻黑社會。

例 뒷골목에서 담배를 피우는 젊은이들이 많다.
dwit-gol-mo-ge-seo dam-bae-reul pi-u-neun jeol-meu-ni-deu-ri man-ta
有很多年輕人在巷子抽菸。

뒷모습 名 ▶ 뒷 + 모습
dwin-mo-seup
樣子

▲ 指背影。

例 뒷모습만 봐도 너인 것을 알 수 있다.
dwin-mo-seum-man bwa-do neo-in geo-seul al su it-da
只看背影也能知道是你。

狀態
······························

화장기 名 ▶ 화장 + 기
hwa-jang-gi   化妝

▲ 所謂「化妝過的痕跡」，就是指有化妝的臉。

例 화장기 없는 얼굴도 아름답다.
hwa-jang-gi eom-neun eol-gul-do a-reum-dap-da
沒有化妝的臉也很美。

장난기 名 ▶ 장난 + 기
jang-nan-gi   頑皮

▲ 字面意思上「頑皮的感覺」，就是指某人頑皮、調皮。

例 장난기가 심한 아이라서 선생님께 혼났다.
jang-nan-gi-ga sim-han a-i-ra-seo seon-saeng-nim-kke hon-nat-da
因為是個很調皮的孩子，所以被老師責罵了。

기름기 名 ▶ 기름 + 기
gi-reum-gi   油

▲ 字面上說的「油的成份」，就是指油份、油膩、油脂。

例 다이어트 중에는 기름기 많은 음식을 먹으면 안 된다.
da-i-eo-teu jung-e-neun gi-reum-gi ma-neun eum-si-geul meo-geu-myeon an doen-da
減肥的時候不能吃太多油膩的食物。

애 - 固有語

1.指「年幼的」、「小的」、「不成熟的」、「嫩的」。
2.指「最初」、「第一次」。

애벌레 名 ▶ 애 + 벌레 蟲

ae-beol-le

▲ 指幼蟲、毛毛蟲。

例 **나뭇잎에 애벌레가 있다.**
na-mun-ni-pe ae-beol-le-ga it-da

樹葉上有幼蟲。

풋사과 名 ▶ 풋 + 사과

put-sa-gwa

蘋果

▲ 指未熟的蘋果，也就是「青蘋果」。「青蘋果」有兩種不同的韓文說法：「**풋사과**」和「**아오리 사과**」，兩個差別為前者「**풋사과**」為不論蘋果的品種，還沒熟的任何一個蘋果都叫「**풋사과**」；而「**아오리 사과**」指的是成熟後也是青色的品種，因此「**풋사과**」和「**아오리 사과**」大小也會不同。

例 풋사과는 무슨 맛인가요?　青蘋果是什麼味道？

put-sa-gwa-neun mu-seun ma-sin-ga-yo

풋김치 名 ▶ 풋 + 김치

put-gim-chi

泡菜

▲ 所謂的「**풋김치**」並不是指字面上「未熟的泡菜」的意思；「**풋김치**」指的是使用春天或秋天的小白菜或嫩蘿蔔醃製的泡菜，中文可直接翻成「泡菜」或「嫩泡菜」。

例 가족들과 풋김치를 담갔다.　和家人醃製了嫩泡菜。

ga-jok-deul-gwa put-gim-chi-reul dam-gat-da

풋사랑 名 ▶ 풋 + 사랑

put-sa-rang

愛

▲ 指年幼時沒有深度的愛情，中文翻成「純樸的愛」。

例 그녀는 초등학교 때 나의 풋사랑 상대였다.

geu-nyeo-neun cho-deung-hak-gyo ttae na-ui put-sa-rang sang-dae-yeot-da

她是我讀小學時戀愛的對象。

풋내기 名 ▶ 풋 + 내기
人

pun-nae-gi

▲ 「-내기」在53頁有學過，是指「具有某一特點的人」；「**풋내기**」指對某件事情不熟練的人。

例 회사에 들어온 지 얼마 안 된 풋내기다.

hoe-sa-e deu-reo-on ji eol-ma an doen pun-nae-gi-da

才剛進公司沒多久的新手。

풋내 名 ▶ 풋 + 내
味道

pun-nae

▲ 所謂「未熟的味道」，是比喻一個人不成熟、不熟練、幼稚。

例 어른스러워 보이지만 아직 풋내가 난다.

eo-reun-seu-reo-wo bo-i-ji-man a-jik pun-nae-ga nan-da

雖然看起來像大人似的，但還很幼稚。

補充筆記

除了上述的名詞外，還有「풋풋하다」這一單字可參考。「풋풋하다」為形容詞，表示青澀、清爽。

날 -
固有語

接於部分名詞前，表示「未加工的」、「生的」、「沒有熟的」的詞頭。

날계란 名 ▶ 날 + 계란
nal-gye-ran 　　　　　　　　雞蛋

▲ 「계란」源於漢字「雞卵」，「날계란」指生雞蛋。

例 날계란을 먹었더니 배가 아프다.
nal-gye-ra-neul meo-geot-deo-ni bae-ga a-peu-da

吃了生雞蛋後肚子痛。

날고기 _名 ▶ 날 + 고기
nal-go-gi 肉

▲ 指生肉。

例 육회는 신선한 날고기로 만든 음식이다.
yu-koe-neun sin-seon-han nal-go-gi-ro man-deun eum-si-gi-da

肉膾（指生牛肉片）是使用新鮮的生肉做的食物。

補充筆記

「육회」源於漢字「肉膾」，是使用新鮮的生生肉，加上調味料攪拌之後生吃的料理。

날김치 _名 ▶ 날 + 김치
nal-gim-chi 泡菜

▲ 還沒熟的生泡菜；也就是指才剛醃製，所以還沒發酵的泡菜。

例 날김치로 끓인 김치찌개는 맛이 없다.
nal-gim-chi-ro kkeu-lin gim-chi-jji-gae-neun ma-si eop-da

用生泡菜煮的泡菜鍋不好吃。

날것 _名 ▶ 날 + 것
nal-geot 東西

▲ 指任何未加工的、生的食物。

例 전복을 날것으로 먹었다.
geon-bo-geul nal-geo-seu-ro meo-geot-da

吃了生鮑魚。

날가루 名 ▶ 날 + 가루

粉末

nal-ga-ru

▲ 「**날가루**」指使用沒有煮熟的穀物磨成的粉。

例 **날가루가 보이지 않을 때까지 반죽해야 한다.**

nal-ga-ru-ga bo-i-ji a-neul ttae-kka-ji ban-ju-kae-ya han-da

要揉到看不到粉末為止。

Note.

- 발 固有語

接於部分名詞後的詞尾，發音為[빨]。
1.表示效果。
2.表示氣勢、力量。

사진발 名 ▶ 사진 + 발
sa-jin-bal 　　　　　　相片

▲ 「사진」為漢字語「寫真」，意指「相片」。「사진발」指的則是「上相」。

例 나는 사진발을 잘 받는 편이다.
na-neun sa-jin-ba-reul jal ban-neun pyeo-ni-da
我算是很上相。

화장발 名 ▶ 화장 + 발
hwa-jang-bal
化妝

▲ 意指「化妝效果」、「靠化妝」。

例 그녀의 아름다운 미모는 다 화장발이라고 한다.
geu-nyeo-ui a-reum-da-un mi-mo-neun da hwa-jang-ba-ri-ra-go han-da
聽說她的美貌都是靠化妝的。

약발 名 ▶ 약 + 발
yak-bal
藥

▲ 指「藥效」。

例 약발이 나타나서 너무 졸리다.
yak-ba-ri na-ta-na-seo neo-mu jol-li-da
因為藥效的關係覺得很睏。

운발 名 ▶ 운 + 발
un-bal
運

▲ 所謂「運的力量、效果」，指的就是運氣、運勢。

例 운발로 합격했다고 생각한다.
un-bal-lo hap-gyeo-kaet-da-go saeng-ga-kan-da
我認為是因為運氣好而考上的。

- 스럽다 固有語

接於部分名詞後，構成形容詞的詞尾。表示看起來似乎是具有該名詞的「性質」、「資格」或「感覺」。

어른스럽다 形 ▶ 어른 + 스럽다
eo-reun-seu-reop-da　　　　　　大人

▲ 「**어른스럽다**」代表某人具有「**어른**（大人）」般的性質、感覺，也就是指「成熟」。

例 **아직 중학생이지만 생각이 어른스럽다.**
a-jik jung-hak-saeng-i-ji-man saeng-ga-gi eo-reun-seu-reop-da
雖然還是國中生，但是想法很成熟。

군 - 固有語

接於名詞前的詞頭，表示「沒用的」、「多餘的」。

군것질 名 ▶ 군 + 것 + 질
gun-geot-jil
東西　表示動作

▲ 「질」表示用前面的名詞做某件事情，詳細內容請參閱第三章 159頁。「군것질」字面上的意思為「吃多餘的東西」，指的就是吃零食。

例 저녁에 군것질을 자주 한다.
jeo-nyeo-ge gun-geot-ji-reul ja-ju han-da

晚上常吃零食。

군말 名 ▶ 군 + 말
話
gun-mal

▲ 多餘的話，就是指廢話。

例 **군말하지 말고 시키는대로 해.**
gun-mal-ha-ji mal-go si-ki-neun-dae-ro hae

不要說廢話，按照指示去做。

군살 名 ▶ 군 + 살
肉
gun-sal

▲ 多餘的肉，指肥肉。

例 **군살은 운동으로 빼야 한다.** 去除肥肉是要透過運動。
gun-sa-reun un-dong-eu-ro ppae-ya han-da

군기침 名 ▶ 군 + 기침
咳嗽
gun-gi-chim

▲ 字面意思上「多餘的咳嗽」指的是清喉嚨，或是為了讓對方知道自己的存在，而故意咳嗽出聲。

例 **군기침하는 것이 습관이 되었다.**
gun-gi-chim-ha-neun geo-si seup-gwa-ni doe-eot-da

清喉嚨這件事成了習慣。

補充筆記

「군-」除了表示「多餘的」、「沒用的」，還可以指「烤過的」，此時的「군」是由「구운（烤過的）」變化而來，如：
1.「군고구마」（「군+고구마（地瓜）」）指烤地瓜。
2.「군밤」（「군+밤（栗子）」）指烤栗子。

한 -
固有語

「**한-**」源於「**하다+ㄴ**」的型態；是接於名詞前的詞頭，指「正是時候」、「正在」。

한여름 名 ▶ 한 + 여름
han-nyeo-reum
夏天

▲ 指仲夏、盛夏。

例 **한여름이 되면 계곡에 놀러 가곤 했다.**
han-nyeo-reu-mi doe-myeon gye-go-ge nol-leo ga-gon haet-da

到了盛夏，經常會到溪邊玩。

한겨울 名 ▶ 한 + 겨울 冬天

han-gyeo-ul

▲ 指酷寒的冬天、嚴冬。

例 한겨울에 반바지를 입고 나갔다.

han- gyeo-u-re ban-ba-ji-reul ip-go na-gat-da

寒冷的冬天穿短褲就出門了。

한밤 名 ▶ 한 + 밤 夜晚

han-bam

▲ 指深夜、三更半夜。

例 한밤에 배고파서 라면을 끓였다.

han-ba-me bae-go-pa-seo la-myeo-neul kkeu-ryeot-da

在深夜肚子餓,所以煮了泡麵。

補充筆記

表示深夜的「한밤」可使用為「한밤중」(「한+밤(夜晚)+중(中)」),意思相同。

한낮 名 ▶ 한 + 낮 白天

han-nat

▲ 指中午十二點左右,正午。

例 기온이 높은 한낮에 외출은 자제해야 한다.

gi-o-ni no-peun han-na-je oe-chu-reun ja-je-hae-ya han-da

氣溫高的正午要盡量避免外出。

한잠 名 ▶ 한 + 잠

han-jam

睡眠、睡覺

▲ 指熟睡、沉睡。

例 **한잠 자고 일어났더니 피로가 풀렸다.**

han-jam ja-go i-reo-nat-deo-ni pi-ro-ga pul-lyeot-da

睡了一覺後起來，疲勞都消除了。

補充筆記

「한잠」可以指沉睡，也可以指暫時睡的小覺、一覺。

Note.

116

철 固有語

指時期、季。

겨울철 名 ▶ 겨울 + 철
gyeo-ul-cheol

冬天

▲ 指冬季。

例 붕어빵은 겨울철에 자주 먹는 길거리 음식이다.
bung-eo-ppang-eun gyeo-ul-cheo-re ja-ju meong-neun gil-geo-ri eum-si-gi-da

鯛魚燒是冬季常吃的街邊小吃。

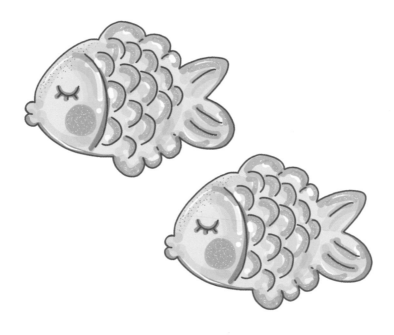

휴가철 名 ▶ 휴가 + 철
休假

hyu-ga-cheol

▲ 休假季為眾多人享受休假的時期，韓國的休假季約在7月～8月間。

例 **휴가철에 공항은 출국 인파로 북적인다.**
hyu-ga-cheo-re gong-hang-eun chul-guk in-pa-ro buk-jeo-gin-da

休假季的機場，因出國人潮而非常擁擠。

장마철 名 ▶ 장마 + 철
梅雨

jang-ma-cheol

▲ 指梅雨季；韓國的梅雨季約在6月底到8月初左右。

例 **장마철이라 비가 자주 내린다.**
jang-ma-cheo-ri-ra bi-ga ja-ju nae-rin-da

因為是梅雨季，常常下雨。

선거철 名 ▶ 선거 + 철
選舉

seon-geo-cheol

▲ 指選舉季。

例 **선거철에는 길거리에서 많은 현수막을 볼 수 있다.**
seon-geo-cheo-re-neun gil-geo-ri-e-seo ma-neun hyeon-su-ma-geul
bol su it-da

到了選舉季，可以在路上看到很多的布條。

햇 - 固有語

　　接於部分名詞後；表示「當年的」、「新的」、「沒有很久」的詞尾。請特別注意，該名詞的第一個字「不能是」雙子音或清子音。

햇감자 名 ▶ 햇 + 감자 馬鈴薯
haet-gam-ja

▲ 指該年剛長出來的馬鈴薯。

例 **오후에 햇감자를 쪄서 먹었다.**
o-hu-e haet-gam-ja-reul jjyeo-seo meo-geot-da

下午蒸了馬鈴薯來吃。

햇과일 名 ▶ 햇 + 과일

haet-gwa-il

水果

▲ 指當季的水果。

例 햇과일과 햇곡식으로 차례를 지냈다.

haet-gwa-il-gwa haet-gok-si-geu-ro cha-rye-reul ji-naet-da

用當季水果和剛收穫的穀物祭祀了。

햇병아리 名 ▶ 햇 + 병아리

haet-byeong-a-ri

小雞

▲ 指剛孵化的小雞；也可以在比喻新手、菜鳥時使用。。

例 그는 입사한 지 얼마 안 된 햇병아리 사원이다.

geu-neun ip-sa-han ji eol-ma an doen haet-byeong-a-ri sa-wo-ni-da

他是才剛就職的新職員。

補充筆記

若該名詞為雙子音或清子音，則接「해-」，意思與「햇-」相同。

例如：

1.「해팥」(「해+팥（紅豆）」)指當年長出來的紅豆。

2.「해쑥」(「해+쑥（茼蒿）」)指當年長出來的茼蒿。

온 固有語

　「**온**」為冠形詞，表示「全部的」、「所有的」。在15世紀的文獻裡，除了「**온**」也會看到 오온 ； 오온 縮成一個音節後變成了「**온**」，意思皆相同。

온몸 名 ▶ 온 + 몸

on-mom
身體

▲ 指全身。

例 **음식을 잘못 먹어서 온몸이 가렵다.**

eum-si-geul jal-mon meo-geo-seo on-mo-mi ga-ryeop-da

因為吃錯東西全身癢。

제 _{固有語}

冠形詞，表示「原本的」、「應有的」。

제맛 _名 ▶ 제 + 맛 _{味道}

je-mat

▲ 指食物原本的、固有的味道。

例 **조미료를 넣었으니 제맛이 날 리가 없다.**

jo-mi-ryo-reul neo-eo-sseu-ni je-ma-si nal li-ga eop-da

放了味精，煮出來的味道就不可能是原本的味道。

제정신 名 ▶ 제 + 정신 精神

je-jeong-sin

▲ 指頭腦清醒。

例 헛소리를 하는 걸 보니 제정신이 아닌 것 같다.

heot-so-ri-reul ha-neun geol bo-ni je-jeong-si-ni a-nin geot gat-da

看到他胡說的樣子，似乎是精神失常。

제자리 名 ▶ 제 + 자리 位子

je-ja-ri

▲ 指原位、原地。

例 사용한 물건은 제자리에 가져다 놓으세요.

sa-yong-han mul-geo-neun je-ja-ri-e ga-jyeo-da no-eu-se-yo

東西使用完畢後，請歸回原位。

제때 名 ▶ 제 + 때 時候

je-ttae

▲ 指準時、按時。

例 약을 제때 먹지 않으면 효과가 없다.

ya-geul je-ttae meok-ji a-neu-myeon hyo-gwa-ga eop-da

如果不按時吃藥，會沒有效果的。

빈손 名 ▶ 빈 + 손 手
bin-son

▲ 指空手。

例 빈손으로 올 수 없어서 과일을 좀 사 왔다.
bin-so-neu-ro ol su eop-seo-seo gwa-i-reul jim sa wat-da

不好意思空手來，所以買了一些水果。

補充筆記

「빈손」與78頁學過的「맨손」都是指空手。兩個的差異點為「맨손」除了送禮時說的「空手」之外，還可以指沒有配戴任何東西的手；但是「빈손」只能在送禮物時使用。

Note.

첫 固有語

表示初次、第一次。

첫눈 名 ▶ 첫 + 눈 雪
cheon-nun

▲ 指初雪。

例 **내일 전국에 첫눈이 내릴 것으로 보인다.**
nae-il jeon-gu-ge cheon-nu-ni nae-ril geo-seu-ro bo-in-da

預計明天會在全國下初雪。

첫사랑 名 ▶ 첫 + 사랑
cheot-sa-rang
愛

▲ 指初戀。

例 우리 모두의 마음속에는 잊지 못하는 첫사랑이 있다.
u-ri mo-du-ui ma-eum-so-ge-neun it-ji mo-ta-neun cheot-sa-rang-i it-da

每個人的心中都有忘不了的初戀。

첫날 名 ▶ 첫 + 날
cheon-nal
日子

▲ 指第一天。

例 출근 첫날부터 지각을 해 버렸다.
chul-geun cheon-nal-bu-teo ji-ga-geul hae beo-ryeot-da

從上班第一天就遲到了。

첫째 名 ▶ 첫 + 째
cheot-jjae
表示順序的詞尾

▲ 「-째」為表示順序的詞尾，中文可理解為「第……個」；「첫째」指第一個。

例 다음 달 첫째 주에 개학한다.
da-eum dal cheot-jjae ju-e gae-ha-kan-da

下個月的第一週要開學了。

補充筆記

「첫째」可以是指家裡的老大。

헌  固有語

源於動詞「헐다（舊）」+「-ㄴ（冠形詞）」，表示「舊的」。

헌책 名 ▶ 헌 + 책
heon-chaek　　　　　　　　　書

▲ 「책」源於漢字「冊」，「헌책」指舊書。

例 절판된 책이라 헌책밖에 구할 수 없었다.
jeol-pan-doen chae-gi-ra heon-chaek-ba-kke gu-hal su eop-sseot-da

因為是絕版的書，只能找到舊書而已。

헌것 名 ▶ 헌 + 것 東西
heon-geot

▲ 指舊的東西。

例 헌것이라도 감사히 받겠다.
heon-geo-si-ra-do gam-sa-hi bat-get-da

就算是舊的，我也會感激地收下。

헌옷 名 ▶ 헌 + 옷 衣服
heo-not

▲ 指舊衣服。

例 옷장 속에 있는 헌옷을 정리했다.
ot-jang so-ge in-neun heo-no-seul jeong-ni-haet-da

整理了衣櫥裡的舊衣服。

- 답다 固有語

　　接於部分名詞後，構成形容詞的詞尾。表示充分具有該性質、資格或特徵。

꽃답다 形 ▶ 꽃 + 답다
kkot-dap-da　　　　　　　　花

▲ 表示如花一般的美麗。

例 **꽃다운 나이에 인생의 동반자를 만났다.**
kkot-da-un na-i-e in-saeng-ui dong-ban-ja-reul man-nat-da

在花樣年華遇上了人生的伴侶。

정답다 形 ▶ 정 + 답다
情

jeong-dap-da

▲ 表示多情、熱情。

例 겉모습은 차가워 보이지만 정다운 사람이다.
geon-mo-seu-beun cha-ga-wo bo-i-ji-man jeong-da-un sa-ra-mi-da

外貌看似冷淡,但是個充滿熱情的人。

참답다 形 ▶ 참 + 답다
真

cham-dap-da

▲ 指真誠、真實。

例 참다운 사랑의 힘은 강하다.
cham-da-un sa-rang-ui hi-meun gang-ha-da

真愛的力量很偉大。

남자답다 形 ▶ 남자 + 답다
男人

nam-ja-dap-da

▲ 表示「有男人味」。

例 그녀의 이상형은 남자다운 남자라고 한다.
geu-nyeo-ui i-sang-hyeong-eun nam-ja-da-un nam-ja-ra-go han-da

聽說她的理想型是有男人味的男生。

大小、程度

과음 名 ▶ 과 + 음 飲

gwa-eum

▲ 這裡說的「음(飲)」是指飲酒，意指飲酒過量。

例 과음으로 속이 안 좋다.

gwa-eu-meu-ro so-gi an-jo-ta

因飲酒過量腸胃不舒服。

과식 名 ▶ 과 + 식 食

gwa-sik

▲ 表示吃太多。

例 과식을 해서 소화가 안됐다.

gwa-si-geul hae-seo so-hwa-ga an-dwaet-da

因為吃太多，所以消化不良。

과체중 名 ▶ 과 + 체중 體重

gwa-che-jung

▲ 「過體重」就是指體重過高。

例 과체중이라서 다이어트를 시작했다.

gwa-che-jung-i-ra-seo da-i-eo-teu-reul si-ja-kaet-da

因為體重過高，開始減肥了。

과하다 ⑱ ▶ 과 + 하다

gwa-ha-da

組成形容詞的詞尾

▲ 指過分。

⑳ **이번 일은 너무 과한 것 같다.**

i-beon i-reun neo-mu gwa-han geot gat-da

我覺得這次的事情太過分了。

Note.

엇 - 固有語

接於名詞、動詞、形容詞之前的詞頭。

接於名詞、動詞前,表示偏、斜、歪;接於形容詞前,則表示「差不多」的程度,中文可翻成「稍微」。

엇박자 名 ▶ 엇 + 박자 拍子
eot-bak-ja

▲ 指不和諧音、不合拍。

例 **교육부와 학교의 엇박자가 계속되고 있다.**
gyo-yuk-bu-wa hak-gyo-ui eot-bak-ja-ga gye-sok-doe-go it-da
教育部與學校之間的分歧持續著。

엇갈리다 動 ▶ 엇 + 갈리다

eot-gal-li-da

分開、分成

▲ 指意見不一致、交織、交錯。

例 **양측의 엇갈린 주장으로 합의점을 찾지 못했다.**

yang-cheu-gui eot-gal-lin ju-jang-eu-ro ha-bui-jeo-meul chat-ji mo-taet-da

由於雙方各執一詞，尚未達成共識。

엇나가다 動 ▶ 엇 + 나가다

eot-na-ga-da

出去

▲ 指偏斜、偏離。

例 **열심히 준비한 계획이 엇나갔다.**

yeol-sim-hi jun-bi-han gye-hoe-gi eot-na-gat-da

認真準備的計畫偏離（落空）了。

엇비슷하다 形 ▶ 엇 + 비슷하다

eot-bi-seu-ta-da

相似

▲ 「**비슷하다**」為形容詞，所以「**엇**」翻成稍微；「**엇비슷하다**」
指「差不多」。

例 **두 사람의 키와 몸무게가 엇비슷하다.**

du sa-ra-mui ki-wa mom-mu-ge-ga eot-bi-seu-ta-da

兩人的身高與體重差不多。

큰손 名 ▶ 큰 + 손
keun-son
                              手

▲ 「큰손」有兩種不同的意思：一為貴客，二為證券市場的大戶。

例 이번 모임에 큰손이 오셔서 정성스레 준비했다.
i-beon mo-i-me keun-so-ni o-syeo-seo jeong-seong-seu-re jun-bi-haet-da

這次聚餐有貴客，所以精心準備了。

Note.

수 -
漢字語

源於漢字「數」；接於表示數量或單位的名詞前，表示「數」。

수일 名 ▶ 수 + 일
su-il ・ 日

▲ 這裡指的「數日」為兩三天。

例 모든 강의가 수일 전에 끝났다.
mo-deun gang-ui-ga su-il jeo-ne kkeun-nat-da

所有課程在數日前已經結束了。

드세다 形 ▶ 드 + 세다 _強
deu-se-da

▲ 指強大、倔強。

例 나는 형제 중에서 고집이 가장 드세다.
na-neun hyeong-je jung-e-seo go-ji-bi ga-jang deu-se-da

我在兄弟中最固執。

드높다 形 ▶ 드 + 높다 _高
deu-nop-da

▲ 指很高。

例 서울에는 드높은 건물들이 많다.
seo-u-re-neun deu-no-peun geon-mul-deu-ri man-ta

首爾有很多摩天大樓。

補充筆記

如果加在動詞前，「드-」表示用力地、出滿力量地。例如：
1.「드솟다」（「드+솟다（噴出、冒出）」）指「（用力地、高高地）噴出、湧上來」。
2.「드날리다」（「드+날리다（使飛翔）」）指「使高飛」。

第 3 章

「動作」
相關語源

망치질 名 ▶ 망치 + 질
槌子

mang-chi-jil

▲ 指敲槌子。

例 윗집이 아침부터 망치질을 해서 시끄러웠다.

wit-ji-bi a-chim-bu-teo mang-chi-ji-reul hae-seo si-kkeu-reo-wot-da

樓上從早上開始敲槌子，所以很吵。

젓가락질 名 ▶ 젓가락 + 질
筷子

jeot-ga-rak-jil

▲ 指使用筷子。

例 서양인에게는 젓가락질이 어렵다고 한다.

seo-yang-i-ne-ge-neun jeot-ga-rak-ji-ri eo-ryeop-da-go han-da

聽說對西方人來講，使用筷子這件事情很難。

부채질 名 ▶ 부채 + 질
扇子

bu-chae-jil

▲ 指搧扇子。

例 불난 집에 부채질한다.

bul-lan ji-be bu-chae-jil-han-da

對失火的家搧扇子。(韓國俗語，指火上澆油)

가위질 名 ▶ 가위 + 질
ga-wi-jil

剪刀

▲ 用剪刀、剪。

例 **한국에서는 냉면을 먹을 때 가위질을 한다.**
han-gu-ge-seo-neun naeng-myeo-neul meo-geul ttae ga-wi-ji-reul han-da

在韓國，吃冷麵的時候會使用剪刀。

Note.

- 질 ❷ 固有語

接於部分名詞後的詞尾，用來嘲諷不好的行為。

주먹질 名 ▶ 주먹 + 질
ju-meok-jil 　　　　　拳頭

▲ 指「揮拳頭」。

例 화가 날 때마다 주먹질을 하는 나쁜 버릇이 있다.
hwa-ga nal ttae-ma-da ju-meok-ji-reul ha-neun na-ppeun beo-reu-si it-da
一旦生氣，就有打架(揮拳)的壞習慣。

발길질 名 ▶ 발길 + 질
bal-gil-jil
腳

▲ 「**발길질**」指的是用腳踢、踹的動作。

㉠ 그는 기분이 안 좋다며 발길질을 해 댔다.
geu-neun gi-bu-ni an jo-ta-myeo bal-gil-ji-reul hae daet-da
他說心情不好，所以用腳亂踢。

자랑질 名 ▶ 자랑 + 질
ja-rang-jil
炫耀

▲ 嘲諷炫耀的行為。

㉠ 그의 자랑질은 그만 듣고 싶다.
geu-ui ja-rang-ji-reun geu-man deut-go sip-da
不想再聽他炫耀了。

노름질 名 ▶ 노름 + 질
no-reum-jil
賭博

▲ 表示諷刺賭博、賭錢。

㉠ 노름질로 모든 것을 잃었다.
no-reum-jil-lo mo-deun geo-seul i-reot-da
因為賭博，失去了所有。

- 나다 固有語

1.接於部分名詞後，表示變成某種狀態或發生某種現象。
2.接於部分名詞或名詞性的語根後，表示具有某種性質，且讓該單字變成形容詞。

생각나다 動 ▶ 생각 + 나다
saeng-gang-na-da
回想

▲ 想起。

例 어제 있었던 일이 생각나지 않는다.
eo-je i-sseot-deon i-ri saeng-gang-na-ji an-neun-da

想不起昨天發生的事情。

병나다 (動) ▶ 병 + 나다
byeong-na-da　　　病

▲ 生病。

例 병나서 회사에 못 갔다.
byeong-na-seo hoe-sa-e mot gat-da
因為生病，沒有去上班。

맛나다 (形) ▶ 맛 + 나다
man-na-da　　　味道

▲ 好吃。

例 이렇게 맛난 김치는 처음 먹어 본다.
i-reo-ke man-nan gim-chi-neun cheo-eum meo-geo bon-da
我第一次吃到這麼好吃的泡菜。

유별나다 (形) ▶ 유별 + 나다
yu-byeol-la-da　　　有別、不同

▲ 「유별」為漢字語「有別」，指「不同」；「유별나다」意指特殊、特別、不一般。

例 그는 유별난 사람이다.
geu-neun yu-byeol-lan sa-ra-mi-da
他是個與眾不同的人。

양심껏 副 ▶ 양심 + 껏
良心

yang-sim-kkeot

▲ 憑良心地。

例 본인의 잘못을 양심껏 말하세요.
bo-ni-nui jal-mo-seul yang-sim-kkeot mal-ha-se-yo
請憑著良心地說出自己的錯誤。

마음껏 副 ▶ 마음 + 껏
心

ma-eum-kkeot

▲ 盡情地。

例 당신을 위해 준비한 것이니까 마음껏 드세요.
dang-si-neul wi-hae jun-bi-han geo-si-ni-kka ma-eum-kkeot deu-se-yo
這是為您準備的，請盡情地享用吧。

힘껏 副 ▶ 힘 + 껏
力量

him-kkeot

▲ 用力地。

例 힘껏 당기십시오.
him-kkeot dang-gi-sip-si-o
請用力地拉。

능력껏 副 ▶ 능력 + 껏

neung-nyeok-kkeot   能力

▲ 能力達到為止，也就是指「盡其所能」。

例 **능력껏 해 보세요.**

neung-nyeok-kkeot hae bo-se-yo

盡全力去做做看。

Note.

되살리다 動 ▶ 되 + 살리다

doe-sal-li-da

使……活

▲ 指救活。

例 그 의사는 죽어 가는 환자를 되살렸다.

geu ui-sa-neun ju-geo ga-neun hwan-ja-reul doe-sal-lyeot-da

那位醫師救活了快死去的患者。

Note.

휘 - _{固有語}

接於部分名詞後的詞頭，表示「任意地」、「非常嚴重地」。

휘감다 _動 ▶ 휘 + 감다 _{纏繞}

hwi-gam-da

▲ 指纏繞。

例 **다친 팔을 붕대로 휘감았다.**

da-chin pa-reul bung-dae-ro hwi-ga-mat-da

用繃帶纏了受傷的手臂。

휘젓다 🗃 ▶ 휘 + 젓다

hwi-jeot-da

攪拌

▲ 「젓다」和「휘젓다」都是攪拌的意思，加了「휘-」的詞頭後語氣更為加強，可把它理解為亂攪拌、瘋狂攪拌。

例 재료를 골고루 잘 휘저어야 한다.

jae-ryo-reul gol-go-ru jal hwi-jeo-eo-ya han-da

要均勻地攪拌食材。

휘두르다 🗃 ▶ 휘 + 두르다

hwi-du-reu-da

搖晃

▲ 指揮動。

例 아무리 화가 나도 주먹을 휘두르면 안 된다.

a-mu-ri hwa-ga na-do ju-meo-geul hwi-du-reu-myeon an doen-da

即便生氣也不能揮拳。

휘날리다 🗃 ▶ 휘 + 날리다

hwi-nal-li-da

飛

▲ 「날리다」為飛、飄、吹走的意思；「휘날리다」表示飄揚、飄動。

例 휘날리는 꽃가루로 재채기가 많이 나온다.

hwi-nal-li-neun kkot-ga-ru-ro jae-chae-gi-ga ma-ni na-on-da

因為飄揚的花粉，不斷地打噴嚏。

「휘날리다」中的「날리다」除了「飄」的意思外，還有「聞名」的意思在，所以「휘날리다」的另一個意思為「出名」。

휩쓸다 ⑩ ▶ 휘 + 쓸다
hwip-sseul-da
掃

▲ 指席捲。

例 강한 태풍이 온 동네를 휩쓸었다.
gang-han tae-pung-i on dong-ne-reul hwip-sseu-reot-da
強烈的颱風席捲整個社區。

휩싸이다 ⑩ ▶ 휘 + 싸이다
hwip-ssa-i-da
被包住

▲ 「싸이다」為「싸다」的被動詞，表示被包住；「휩싸이다」指整個被包圍、被纏繞後包圍的狀態。

例 그 아이돌은 수많은 인파에 휩싸였다.
geu a-i-do-reun su-ma-neun in-pa-e hwip-ssa-yeot-da
那個偶像被眾多人潮包圍了。

如果是接於表示「쓸다(掃)」、「싸다(包圍)」的動詞前，必須使用「휩-」，與「휘-」的意思相同。

맞 - 固有語

接於部分名詞或動詞前面的詞頭，表示「相對的」、「互相的」。

맞대결 名 ▶ 맞 + 대결 對決
mat-dae-gyeol

▲ 「대결」源於漢字「對決」；「맞대결」為互相對抗，也就是指對決。

例 두 선수의 맞대결은 흥미진진했다.
du seon-su-ui mat-dae-gyeo-reun heung-mi-jin-jin-haet-da

兩位選手的對決非常好看。

맞담배 名 ▶ 맞 + 담배
mat-dam-bae

菸

▲ 「**맞담배**」指兩人或多人面對面抽的菸。

例 **직장 상사와 맞담배 피우는 사이가 되었다.**
jik-jang sang-sa-wa mat-dam-bae pi-u-neun sa-i-ga doe-eot-da

和公司主管變成一起抽菸的關係了。

맞고소 名 ▶ 맞 + 고소
mat-go-so

起訴

▲ 指互告彼此、反訴。

例 **그 회사는 맞고소를 하여 배상을 요구하고 있다.**
geu hoe-sa-neun mat-go-so-reul ha-yeo bae-sang-eul yo-gu-ha-go it-da

那間公司反訴，要求賠償。

맞서다 動 ▶ 맞 + 서다
mat-seo-da

站立

▲ 指面對、對抗。

例 **어떤 어려운 문제라도 함께 맞서기로 했다.**
eo-tteon eo-ryeo-un mun-je-ra-do ham-kke mat-seo-gi-ro haet-da

說好一起面對任何難題。

맞바꾸다 動 ▶ 맞 + 바꾸다 換

mat-ba-kku-da

▲ 指對換、調換。

例 그는 진품과 가품을 맞바꾼 도둑이다.

geu-neun jin-pum-gwa ga-pu-meul mat-ba-kkun do-du-gi-da

他是用贗品調換真品的小偷。

Note.

뒤 - 固有語

接於部分名詞前的詞頭，表示非常、整個、任意之意。

뒤섞다 動 ▶ 뒤 + 섞다
dwi-seok-da · 摻雜

▲ 指混雜。

例 **각종 야채와 양념을 뒤섞은 음식이 비빔밥이다.**
gak-jong ya-chae-wa yang-nyeo-meul dwi-seo-kkeun eum-si-gi bi-bim-ba-bi-da

拌飯就是混雜各種蔬菜和醬料的食物。

國家圖書館出版品預行編目（CIP）資料

韓語單字語源學習法/郭修蓉著. -- 初版. -- 臺中市：晨星出版有限公司,
2022.07
192面 ;16.5 × 22.5　公分. -- (語言學習 ; 23)
ISBN　978-626-320-195-8（平裝）

1.CST: 韓語 2.CST: 詞彙

803.22　　　　　　　　　　　　　　　　　　　　　111009143

語言學習 23
韓語單字語源學習法
用理解語源＋圖像記憶取代死記硬背！

作者	郭修蓉 곽수용
編輯	余順琪
封面設計	高鍾琪
美術編輯	陳佩幸
創辦人	陳銘民
發行所	晨星出版有限公司
	407台中市西屯區工業30路1號1樓
	TEL：04-23595820　FAX：04-23550581
	E-mail：service-taipei@morningstar.com.tw
	http://star.morningstar.com.tw
	行政院新聞局局版台業字第2500號
法律顧問	陳思成律師
初版	西元2022年07月15日
讀者服務專線	TEL：02-23672044／04-23595819#212
讀者傳真專線	FAX：02-23635741／04-23595493
讀者專用信箱	service@morningstar.com.tw
網路書店	http://www.morningstar.com.tw
郵政畫撥	15060393（知己圖書股份有限公司）
印刷	上好印刷股份有限公司

線上讀者回函

定價 320 元
（如書籍有缺頁或破損，請寄回更換）
ISBN： 978-626-320-195-8

圖片來源：shutterstock.com

Published by Morning Star Publishing Inc.
Printed in Taiwan
All rights reserved.

| 最新、最快、最實用的第一手資訊都在這裡 |